ÉDITIONS DU BASTBERG

Collection
Sarbacane

UNE MAÎ
POIDS LOURD

Jean-Claude Baudroux

illustrations de Christian Peultier

1

Moi, quand je serai grand, je serai institutrice ! Quand je dis ça, papa me reprend toujours :
— Non, Théo, tu ne seras jamais institutrice !
— Et pourquoi je ne serai jamais institutrice ?
— Parce que tu es un garçon ! Si tu veux, et si tu travailles bien à l'école, tu pourras un jour être instituteur, mais pas institutrice. Institutrice, c'est le féminin, instituteur, c'est le masculin.
— Oui, mais moi, je veux être institutrice, c'est plus beau qu'instituteur !

Notre discussion finit toujours de la même façon : papa lève les yeux au ciel et dit :

— Mais tu es têtu comme un âne…

Et il ajoute en riant :

— Ou comme une ânesse !

Je le sais bien que les garçons ne peuvent pas devenir institutrice ou ânesse, c'est une affaire de genre ! Mais j'aime bien faire enrager papa. Et puis, ma maîtresse, elle est terriblement belle et terriblement gentille, et terriblement jeune.

Elle est terriblement grosse, aussi. Elle mange tout le temps. Avant l'heure de l'entrée en classe, elle passe à la boulangerie pour s'acheter des petits pains au chocolat et elle les dévore à la récréation. Souvent,

même, elle grignote en classe, quand elle a vraiment trop faim. C'est très amusant parce qu'elle parle la bouche pleine et on fait semblant de ne pas comprendre ce qu'elle dit :

— Théo, tu vas commencher la lecture et

puis tu feras ton exerchiche !

— C'est quoi, Mademoiselle, un exerchiche ?

Alors la maîtresse termine d'avaler sa bouchée, pour pouvoir parler normalement. Ça lui fait les yeux tout ronds, comme si elle étouffait. Quand elle reprend son souffle, elle répond :

— Enfin, Théo, tu sais bien ce que c'est qu'un exercice ! C'est...

Elle ne termine pas sa phrase parce qu'elle comprend qu'on lui a fait une plaisanterie. Et elle sourit avant de mordre encore un grand coup dans son gâteau.

2

Elle est vraiment gentille, notre maîtresse. En plus, elle porte un nom formidable et très joli. Elle s'appelle Mademoiselle Lapérouse. Elle s'occupe toujours de nous, même quand elle n'est pas à l'école. Chaque matin, elle arrive avec un livre qu'elle a lu chez elle en pensant à nous. Elle nous raconte un peu l'histoire pour nous mettre en appétit et puis elle nous prête le livre. Elle nous explique qu'un beau livre, c'est aussi appétissant qu'un pain au chocolat. Quand on le regarde, on a l'eau qui vient à la bouche. Moi, je ne sais pas, parce que je n'ai jamais mangé de livres.

En gymnastique, c'est rudement chouette, surtout quand il faut monter sur la poutre. Et c'est vraiment rigolo quand la maîtresse nous montre comment il faut faire. Martin et moi, on se met de chaque côté, et on lui

tient la main pour l'empêcher de tomber.

— Vous voyez, c'est fachile ! Vous avanchez jusqu'ichi, vous reculez, jusque là, et vous chautez juste dans le cerceau !... Théo, veux-tu me ramasser mon pain au chocolat qui est tombé... Je vais vous montrer encore une fois.

On a toujours un peu peur qu'elle se casse la figure, mais ça n'arrive jamais. Heureusement, parce qu'elle est vraiment gentille avec nous et qu'on ne voudrait pas qu'elle se fasse du mal ou qu'elle ait de la peine.

Un jour, un grand du C.M.2 l'a traitée de grosse bonbonne. Elle ne s'est pas fâchée. Elle n'a rien dit, mais elle est devenue toute rouge et on a vu qu'elle avait les yeux tout mouillés, comme si elle allait pleurer. Mais ça n'est pas arrivé. Nous on savait bien qu'une maîtresse ne pleure jamais, mais, quand même, elle avait eu de la peine.

Alors on est allés lui expliquer, au grand du C.M.2, qu'il ne fallait pas dire de méchancetés à notre Mademoiselle Lapérouse... Même que je lui ai donné un coup de pied dans les jambes, mais pas très fort, parce qu'il était vraiment plus costaud que nous.

3

Un samedi matin, un remplaçant est arrivé dans l'école, parce que le directeur était très malade. D'habitude, on ne fait pas trop attention aux remplaçants, parce qu'ils ne sont là que pour un ou deux jours. Mais celui-là est resté dans notre école jusqu'à la fin de l'année.

Il était vraiment particulier, ce remplaçant, parce qu'il avait une drôle de voiture. C'était une voiture sans toit. Papa m'a expliqué que c'était une décapotable. Je n'ai rien répondu, mais j'ai réfléchi et, le lendemain, je suis allé vérifier. Alors, j'ai dit à papa :

— Ce n'est pas une décapotable, la voiture du remplaçant !

— Et pourquoi ?

— Parce que ce n'est pas le capot qu'on peut enlever, c'est le toit ! C'est une détoitable !

Papa a levé les yeux au ciel, enfin, au plafond, parce qu'on était dans la cuisine, et il a dit :

— Si tu veux, c'est une détoitable...

N'empêche que la voiture du remplaçant, elle est formidable. Elle est si basse qu'il peut monter dedans sans ouvrir la portière, juste en passant sa jambe par-dessus.

Tout le monde l'aime bien, le remplaçant. Il n'est pas sévère du tout et ses élèves sont rudement contents parce qu'ils font beaucoup de sport dans sa classe. À la récréation, on va discuter avec lui, notre maîtresse aussi. Elle le regarde gentiment, elle lui

offre des petits pains au chocolat. On voit bien qu'elle lui fait les yeux doux. Quand il lui parle, elle est toute rouge.

Un jour, on a fait des dessins extraordinaires en Arts Plastiques. Ça représentait les arbres et les feuilles de l'automne. On est sortis de la classe tout barbouillés de peinture, mais on était très satisfaits parce que c'était magnifique. On avait tout fait avec nos doigts, sans pinceaux.

Quand j'ai expliqué ça à maman, elle m'a fait remarquer que j'avais dû me servir aussi de mon nez, parce qu'il était tout brun.

Avec la maîtresse, on a fait le projet de décorer notre salle de classe avec nos œuvres. On a tous collé nos peintures sur une grande feuille de carton et on a décidé de l'accrocher sur le mur de la classe. Mais c'est surtout la maîtresse qui a travaillé. Elle avait amené un gros marteau et des clous, parce que des punaises, ce ne serait pas assez solide pour supporter tous ces arbres qu'on avait dessinés.

4

Quand la maîtresse a apporté l'escabeau, on a tous été très inquiets. On est restés silencieux, comme avant un orage. Même Ludivine, qui est bavarde comme une pie, se taisait.

C’est vrai que l’escabeau paraissait tellement minuscule à côté de Mademoiselle Lapérouse. On se disait qu’une petite chose aussi fragile ne pourrait jamais résister au poids de notre maîtresse.

Mais elle est rudement courageuse, parce qu'elle a décidé d'y aller quand même, avec ses clous et son marteau. Elle a posé son pain au chocolat sur le bord du bureau, elle a empoigné les côtés de l'escabeau, et elle a monté lentement les deux premières marches.

Alors, l'escabeau s'est mis à pencher un peu sur la gauche. Quentin est devenu tout blanc. Il avait peur que la maîtresse tombe et se fasse mal. Mais comme il était juste du mauvais côté, celui qui penchait, il devait penser aussi qu'il prendrait Mademoiselle Lapérouse sur la tête, si elle se cassait la figure.

Les marches pliaient. On a caché nos yeux derrière nos mains : on n'osait plus regarder en attendant la catastrophe... Mais il ne s'est rien passé. Et, même, on a entendu sa voix qui disait tranquillement :

— Allez, hop ! Deux garchons ! Les deux plus grands ! Pour tenir l'echcabeau de chaque côté !

On s'est demandé comment elle avait fait pour reprendre son pain au chocolat. On se rappelait bien qu'elle l'avait laissé sur le coin du bureau.

Alors on a osé regarder. Elle ne mangeait pas, mais elle avait mis les clous dans sa bouche pour avoir les mains libres. J'avais terriblement peur qu'elle les avale. Je me disais que ça devait être rudement indigeste, un clou.

Mais je n'ai pas eu le temps de réfléchir longtemps sur cette question, parce que je me suis rappelé que j'étais le plus grand de la classe et que je devais aller tenir l'escabeau. Martin, qui est presque aussi grand

que moi, était déjà sur place, mais il avait choisi le côté droit, le bon, celui qui ne penchait pas. Je me suis retrouvé sous l'escabeau, et j'ai compris pourquoi Quentin était si pâle tout à l'heure. C'était impressionnant.

Mademoiselle Lapérouse a monté encore deux marches. Ça pliait et ça penchait de plus en plus. Je retenais l'escabeau de toutes mes forces, mais je sentais bien que je ne pourrais pas l'empêcher de tomber pendant très longtemps. Pourtant la maîtresse a encore escaladé deux marches, les deux dernières...

5

Alors l'escabeau a commencé à plier vraiment. Quand j'ai vu qu'il se tordait tout doucement, j'ai voulu crier pour prévenir la maîtresse...

Rien n'est sorti de ma gorge, tellement j'avais peur. Mais Mademoiselle Lapérouse a travaillé calmement, comme si de rien n'était. Elle a sorti un clou de sa bouche, elle a attrapé son marteau dans sa poche et elle a donné de grands coups sur le mur. On a tous eu peur qu'elle se tape sur les doigts, mais rien n'est arrivé. Elle est redescendue tranquillement en disant :

— Bien, il ne nous rechte plus qu'à accrocher notre panneau ! Nous ferons cha après la récréachion !

Elle a enlevé tranquillement les derniers clous qu'elle avait encore dans la bouche et elle nous a fait un grand sourire, terriblement gentil. On a tous eu l'impression qu'on respirait mieux. On était vraiment soulagés. Mais pas pour longtemps, parce qu'on a réalisé qu'après la récréation, des choses terriblement dangereuses allaient se passer.

Pendant cette récréation-là, je n'ai joué à rien. Martin non plus. On se demandait comment on allait faire pour soutenir un poids pareil. On a passé la plus mauvaise récré de notre vie d'écolier. C'était à cause de l'inquiétude.

Quand on est rentrés en classe, j'ai essayé de convaincre la maîtresse :

— Et si on demandait au remplaçant de monter sur l'escabeau ? Il est grand, il pourrait nous accrocher notre travail en un tour de main ! Ce n'est pas la peine de prendre des risques inutiles !

— Nous allons nous débrouiller tout seuls ! Ce n'est pas parce que vous êtes au C.P. que vous devez vous considérer comme des petits !

J'ai regardé Martin et j'ai bien vu qu'il aurait préféré être un petit. Moi aussi !

— Allez, hop ! Les deux plus grands de chaque côté !

Martin est arrivé avant moi, alors il s'est mis du côté droit, et moi, j'ai choisi le mauvais côté. Et la maîtresse a pris la ficelle pour attacher le panneau, et puis elle est montée…

6

Tout s'est passé très vite, l'escabeau a commencé à glisser sur le côté, j'ai poussé de toutes mes forces pour le retenir et l'empêcher de tomber sur ma tête. Martin a tiré de toutes ses forces pour l'empêcher de tomber sur moi, mais rien n'y faisait.

Tout à coup, l'escabeau s'est mis à pencher terriblement.

Alors, la maîtresse a vraiment eu peur. Elle a crié. Et toutes les filles de la classe se sont mises à crier aussi. Et ensuite les garçons ont fait la même chose.

Brusquement, la porte s'est ouverte et le remplaçant est entré en demandant :

— Qu'est-ce que c'est que ce...

Mais il n'a pas eu le temps de terminer sa question parce que la maîtresse s'est écroulée sur lui juste à ce moment-là...

Il l'a rattrapée dans ses bras, mais il n'était

pas assez fort… Alors il est tombé par terre avec la maîtresse au-dessus de lui. J'ai été un peu déçu, parce que je pensais que les remplaçants étaient un peu plus costauds que ça !

Si on ne s'était pas fait de souci pour notre

maîtresse, je crois qu'on aurait bien rigolé, parce que ça faisait tout un tas de jambes et de bras qui remuaient dans tous les sens, avec des bruits bizarres, comme si quelqu'un avait du mal à respirer.

Ils se sont enfin relevés et on a compris d'où venaient les bruits bizarres. C'était le remplaçant qui rigolait. Il avait un fou rire terrible, il ne pouvait plus s'arrêter, il était plié en deux. Il n'arrivait plus à reprendre sa respiration. Il a fini par s'asseoir sur la chaise de notre maîtresse en se tenant la tête dans les mains et il s'est un peu calmé. Il a dit :

— Excusez-moi, c'est nerveux !

Et il s'est remis à rire de tout son cœur...

On a bien vu que la maîtresse était un peu vexée. Elle est devenue toute rouge comme le jour où un grand l'avait traitée de grosse bonbonne et ses yeux se sont assombris, comme quand je me trompe dans mes exercices.

Le remplaçant a fini par retrouver son calme et il est parti en s'excusant encore.

7

La fin de la journée n'a pas été très gaie, même en gymnastique. La maîtresse était soucieuse, elle avait même un air un peu triste. Alors on a tous été très gentils avec elle pour qu'elle oublie ses soucis. On a essayé de la faire rire, mais on n'y est pas arrivés. Pourtant Adrien lui a raconté l'histoire de la souris et de l'éléphant :

— Une petite souris arrive au bord de l'eau et elle dit à l'éléphant qui se baigne : « Sors

de l'eau, toi ! » L'éléphant obéit et la petite souris lui dit : « C'est bon, je voulais seulement vérifier si ce n'était pas toi qui m'avais volé mon maillot de bain ! »
Eh bien, la maîtresse n'a pas souri du tout ! Elle a juste répondu :
— Sois gentil, mon petit Adrien, termine ton exercice.
On sentait bien qu'il se passait quelque chose de grave, mais on ne savait pas quoi.

Le lendemain, à huit heures et demie, la maîtresse n'était pas là. Même le boulanger ne l'avait pas vue ! On l'a attendue, le cœur un peu serré, parce qu'on avait peur qu'elle soit malade.
Madame Besse, la maîtresse des C.E.2 est venue nous chercher dans la cour de récréation et elle a dit :
— Votre institutrice est absente, vous allez tranquillement monter en classe pendant que je téléphone à l'Inspection pour demander un remplaçant.

Ludivine, qui n'a pas sa langue dans sa poche, a demandé :

— Pourquoi elle n'est pas là notre maîtresse ?

— Je ne sais pas ! En attendant, vous allez rester tranquilles, n'est-ce pas ?

On a tous promis qu'on serait sages comme des images. Et le plus étonnant, c'est qu'on l'a été vraiment. Mademoiselle Lapérouse nous manquait. De temps en temps, on se retournait et on regardait son bureau, au fond de la classe, pour vérifier si elle n'était pas arrivée sans faire de bruit. Mais non, elle n'était pas là et son gros sachet de petits pains au chocolat non plus. Une remplaçante est arrivée vers neuf heures. Elle était très grande et très blonde. Elle était assez gentille aussi, mais on n'a pas osé lui dire qu'on aurait préféré que notre maîtresse revienne.

8

Les jours ont passé. Notre maîtresse ne revenait toujours pas. On avait peur qu'elle nous ait oubliés. On aurait bien voulu lui écrire, mais personne ne savait son adresse, même pas Madame Besse. Le temps était long, sans Mademoiselle Lapérouse...

Quelquefois on parlait de notre maîtresse avec Mademoiselle Véronique — c'était le nom de notre remplaçante — et elle nous expliquait qu'on pourrait faire une très belle surprise à Mademoiselle Lapérouse quand elle reviendrait. On lui lirait une très belle histoire, pour lui montrer tous les progrès qu'on avait faits en lecture. Mais Mademoiselle Véronique ne savait pas quand notre maîtresse reviendrait.

Alors, on a bien travaillé, en attendant son retour, pour qu'elle soit fière de nous. C'est Quentin qui a su lire le premier, puis

Ludivine. Et moi aussi, j'y suis arrivé, comme tout le monde. J'étais très content, mais j'aurais été bien plus heureux si Mademoiselle Lapérouse avait été avec nous. Tous les jours, on espérait la voir en entrant dans la classe, mais elle n'était jamais là.

Pourtant, un jeudi, on a reçu une longue lettre de notre maîtresse. Elle nous expliquait qu'elle ne nous oubliait pas et qu'elle espérait revenir après les vacances de février. Elle nous promettait une très grosse surprise qui allait bien nous étonner.

Et puis elle nous disait un petit mot à chacun. Par exemple, elle expliquait à Adrien qu'elle n'avait compris son histoire que le lendemain. Parce que le maillot de bain d'une souris est bien trop petit pour aller à un éléphant. À moi, elle demandait si je voulais toujours devenir « institutrice ». Si j'avais pu, je lui aurais répondu que maintenant je voulais devenir un remplaçant très costaud pour pouvoir la porter dans mes bras sans tomber par terre.

En tout cas, on était bien contents de sa lettre. C'était très gentil parce qu'elle avait pensé à tout le monde. Alors, on a de mieux en mieux travaillé en attendant sa très grosse surprise...

On se demandait ce que c'était. Martin pensait que c'était des livres qu'elle allait nous lire tous les jours. Ludivine croyait qu'elle allait apporter des bijoux pour les filles et des caramels pour les garçons, même qu'elle m'a demandé de lui donner les miens...

Le temps nous a semblé long. Et puis, la neige est venue et les vacances de février sont arrivées...

9

Le jour de la rentrée, on s'est tous retrouvés devant la boulangerie pour offrir des fleurs à Mademoiselle Lapérouse au moment où elle viendrait s'acheter ses petits pains au chocolat. Mais elle n'est pas venue. Je ne savais plus quoi faire avec le bouquet. J'ai essayé de le donner à Martin, mais il n'a pas voulu le porter. Quentin non plus. On était terriblement déçus. Mais tout à coup, Adrien a crié :

— Elle est là ! Je vois sa voiture sur le parking !

Martin m'a arraché le bouquet des mains et il est parti en courant vers l'école. On l'a tous suivi, à toute vitesse. Elle n'était pas dans la cour, alors on s'est précipités dans les escaliers pour aller dans la classe.

Elle était là, derrière son bureau ! Mais j'ai

eu l'impression que ce n'était pas vraiment elle...

Il y avait quelque chose de changé, mais on n'arrivait pas à savoir quoi. Elle avait le même beau sourire, les mêmes yeux verts, les mêmes dents, les mêmes cheveux noirs, les mêmes oreilles... Mais on ne la reconnaissait pas.

C'était vraiment bizarre. On était tous intimidés et Martin m'a redonné le bouquet de fleurs. Je me suis approché du bureau et je lui ai tendu, sans rien dire.

Alors elle s'est levée pour nous embrasser tous, et on a compris, d'un seul coup !

Ludivine a crié :

— Mais vous êtes toute maigre, Mademoiselle !

Alors, on a réalisé que c'était ça, sa très grosse surprise. Elle était toute maigre !

Mais vraiment maigre, beaucoup moins belle qu'avant !

Elle nous a expliqué qu'elle avait été hospitalisée dans un service pour obèses et qu'el-

le avait fait un régime draconien. Et elle tournait sur elle-même en disant :

— Voyez le résultat !

Ses cuisses étaient toutes petites et ses bras étaient devenus tout fins. On n'a pas osé lui dire qu'on la préférait avant, quand elle avait ses bonnes grosses joues roses qu'on avait toujours envie d'embrasser.

Le remplaçant ne devait pas penser la même chose que nous parce qu'après la classe, il lui a proposé de l'emmener faire un tour dans sa voiture. Mais elle n'a pas voulu.

Et toc ! Bien fait ! Pan sur le bec !

C'est vrai, quoi, quand la maîtresse était belle et grosse, il ne s'intéressait pas à elle, et maintenant qu'elle était laide et maigre, il lui faisait les yeux doux...

10

Notre Mademoiselle Lapérouse était vraiment beaucoup moins belle qu'avant son régime. Elle nous a expliqué ce que c'était qu'un régime draconien. Heureusement, parce qu'on avait tous mal compris. On avait cru qu'elle avait dit : dragonien... On s'était imaginé que des dragons lui avaient envoyé des flammes sur le ventre, sur les jambes et sur les joues pour faire fondre sa graisse. On se disait qu'elle avait dû être terriblement brûlée, parce que du feu de dragon, c'est particulièrement chaud.

En plus, notre Mademoiselle Lapérouse, elle était un tout petit peu moins gentille qu'avant. Pas beaucoup moins, mais un peu... Depuis qu'elle ne mangeait plus en classe, elle s'énervait plus vite. Par exemple, un jour, elle a disputé Martin parce qu'il terminait son goûter, après la récré. C'était un

peu injuste : il n'avait pas eu le temps de le finir...

Et moi, elle m'a regardé avec des yeux très sévères quand je lui ai dit, pour rire :

— Mademoiselle, je n'arrive pas à faire mon exerchiche. Il est trop diffichile !

Elle ne plaisantait presque plus jamais, et on n'avait plus le droit de sucer des bonbons en classe.

On avait du mal à s'habituer à tous ces changements. Notre maîtresse ne nous disait plus qu'un livre c'est aussi appétissant qu'un pain au chocolat. Et quand elle parlait de lectures, ses yeux étaient moins gourmands.
Elle était un peu plus sévère, surtout vers onze heures et vers quatre heures. On lui pardonnait, parce qu'on se disait qu'elle avait faim... Mais c'était quand même un petit peu difficile d'avoir moins de sourires et de mots gentils.

Mais on voyait bien que le remplaçant faisait les yeux doux à notre Mademoiselle Lapérouse. Il essayait toujours de discuter avec elle à la récréation. Mais elle ne s'intéressait pas vraiment à lui. On était bien contents, parce qu'il s'était moqué d'elle quand elle était tombée de l'escabeau. Petit à petit, il s'est découragé et il n'est presque plus venu la voir quand elle nous surveillait dans la cour.

Épilogue

Un jour, notre maîtresse s'est mise dans une colère terrible. C'était un vendredi, vers onze heures du matin.

On était tous un peu fatigués et Mademoiselle Lapérouse était énervée parce que Ludivine n'arrêtait pas de parler à sa voisine.

— Ludivine, tu es vraiment insupportable ! Tu vas prendre tes affaires et aller terminer ton travail dans la classe de Madame Besse !

Ludivine avait une peine terrible. C'était la première fois que notre maîtresse renvoyait un élève de la classe... On s'est tous regardés comme si le ciel nous était tombé sur la tête. On n'osait pas y croire.

La maîtresse criait vraiment très fort. Alors Ludivine s'est mise à pleurer comme une madeleine. Elle est partie en reniflant pour aller dans la classe de Madame Besse. Au moment de refermer la porte, elle a regardé la maîtresse avec des yeux suppliants, parce qu'elle espérait que Mademoiselle Lapérouse lèverait la punition au dernier moment. Mais elle a gardé un air sévère et Ludivine a refermé la porte tout doucement. On entendait ses sanglots dans le couloir.

Alors, Mademoiselle Lapérouse nous a tous regardés comme si elle venait de com-

prendre qu'elle avait été méchante, et elle est vite allée rouvrir la porte. Ludivine était restée là. Elle pleurait terriblement.
Mademoiselle Lapérouse l'a prise gentiment par la main, sans rien dire, et elle l'a ramenée à sa place. Elle nous a fait un drôle de sourire et elle a voulu nous parler. Mais la cloche de la sortie a sonné juste à ce moment-là. Alors, elle n'a rien dit.

Mais l'après-midi, elle est arrivée avec un très grand sachet de pains au chocolat. Elle nous a fait un grand sourire, et elle a dit, la bouche pleine :
— Je crois que nous allons pacher une bonne fin d'année !
Et elle a mordu encore un grand coup dans son gâteau. Et elle a distribué ses pains au chocolat à toute la classe, un pour chaque élève.

Le reste de l'année s'est terriblement bien passé. Mademoiselle Lapérouse s'est remise à manger en classe et elle est redevenue aussi gentille qu'avant. Et beaucoup plus belle, aussi. Elle a peu à peu retrouvé ses bonnes joues qu'on a toujours envie d'embrasser. Elle n'est pas redevenue aussi grosse, mais elle est plus ronde et plus appétissante.

On a tous appris à très bien lire et à très bien compter. Personne ne redouble, et c'est formidable parce qu'on va rester tous ensemble pour aller au C.E.1.

La maîtresse et le remplaçant se sont réconciliés. Ils discutent toujours ensemble à la récréation. Et, le soir, après l'école, ils font de grandes promenades, tous les deux, dans la voiture sans toit. Même que les grands du C.M.2 nous ont dit que Mademoiselle Lapérouse, c'était l'amoureuse du remplaçant.

Et moi, je me demande toujours si je serai remplaçant ou pâtissier, quand je serai grand. Alors, j'ai dit à papa :

— C'est décidé, je ne serai jamais institutrice ! Mais, en tout cas, c'est vraiment sûr et

certain, je m'achèterai une détoitable pour faire des promenades avec mon amoureuse.

Déjà parus aux éditions du Bastberg

▪ dans la collection sarbacane

1	À la casse, les sept nains !	Frédéric Magnan
2	Une maîtresse poids lourd	Jean-Claude Baudroux
3	Le Père Noël ne croit plus aux enfants	Louise Werner
4	Pépé Coutures	Patrick Vendamme

▪ dans la collection indigo

1	Je suis méchant	Jean-Claude Baudroux
2	On ira tous à Soudourgou	Francis Collin
3	Papa… bis	Yves Couturier
4	Le cadavre du grand plongeoir	Jean-Claude Baudroux
5	Cette peste d'Adèle	Alain Surget
6	Ougrah	Yves Couturier
7	Le cadavre baignait dans l'huile	Jean-Claude Baudroux
8	Le clandestin du vol Pégase	Stanislas Kopinski
9	Monde à l'envers	Anne Naumovic
10	De la guerre à la mer	Gilles Fresse
11	Arthur de Buyer	Yves Couturier
12	La guerre des papas	Stéphane Daniel

A LA RENCONTRE DE :

L'auteur Jean-Claude Baudroux

L'auteur a gardé un très bon souvenir du Cours Préparatoire où il a appris à lire. Sa maîtresse était très gentille.

Il ne se souvient plus de tous les détails, mais il se rappelle très bien le spectacle de fin d'année.

Tous les élèves étaient déguisés en lutins, avec du papier crépon rouge. Ils avaient tous un balai d'olivier à la main, et ils faisaient semblant de balayer en chantant :

Les petits nains de la montagne,
Verduronnette verdurée...
Avec leur balai d'olivier,
Cric, Crac, Cric, Crac, Croc,
Ils font bien propre le plancher...

La maman de l'auteur nous a prêté une photo de ce moment inoubliable.

L'illustrateur Christian Peultier

Quand il avait votre âge,
l'illustrateur
avait très peur
d'un mystérieux
camion qui
passait toutes
les semaines
dans son village.
Le conducteur
portait de grosses
moustaches.
Il avançait
lentement
dans les rues
en faisant sonner
une grosse cloche.
Cet abominable personnage était
peut-être un croque-mitaine…

Mais depuis, notre illustrateur n'a plus peur. Il a beaucoup grandi. Il a appris que ce terrible bonhomme était un ferrailleur.

Alors, pourquoi ne met-il jamais le nez dehors les jours de ramassage des « monstres » ?

Les éditions du Bastberg
collection Sarbacane
BP 17
78950 Gambais
France

Achevé d'imprimer en mai 2001
par Corlet, Imprimeur, S.A.
14110 Condé-sur-Noireau (France)
Maquette et mise en page : Péhel Créations - Saulxures
N° d'Imprimeur : 53884
Dépôt légal : mai 2001
ISBN 2-906458-50-3